文芸社セレクション

# あの頃の私に謝りたい

八木沢 美樹



文芸社

# 目次

# まえがき

誰にでもあるだろうか、思い出してしまう後悔。

一つ二つと、大人になるに連れて忘れるだろうと思っていた。時には、時間が解決してくれると聞いて育っていた。

年月が過ぎて、年齢を増すに連れて思い出したくない過去。一時は消し去られたはずの思いが、不思議と大きな出来事として甦る。

自分に言い聞かせる。過ぎたこと。どうせ過去は過去なんだと、抵抗している自分。

置き忘れた振り、脳裏に強く刻まれていた光景に悔やんでいく日が来るなんて思ってもいない。

誰もが、日々の生活に一生懸命に生きている。積み重ねる、新しい課題と向き合い悩む人との関わりに上手く適応していくのが精一杯。

ふとした瞬間に、幼い頃の情景が懐かしさの中で甦る。

最初は、楽しいことを笑顔を浮かべながら懐かしさに、あんなこと、こんなことと思い出してはニヤニヤとしている自分がいる。

また頑張ろうと自分に活を入れて精一杯生きていた。

どこからか、静かに、そうっと、そうっと覗かれていく強い衝撃が……。静かにな、黙っていろよ。目立つんじゃないと抑えられて育てられた、母の声が一瞬聞こえてきた様に、ビクッと身体が反応した。

人生の半分を過ごし、自分に自信も付いてきた頃に……、私は、これから自分らしく生きていくと決心し、これからの未来にワクワク心躍らせていた。

声が消えない。一瞬にして臆病な自分が出てしまう。

（やはり、駄目か。いや、そんなことはない大丈夫、大丈夫と、自分に言い聞かせる）

置き忘れた振りに気づいてしまう。

幼い頃の情けなさが、強い後悔と反省と、（自分ばかり、幸せになっていいの）

いつも、いつも目の前に、現れては歩みを止めてしまっていた。

聞いたことがある。日本人は、幸せになるのを、ためらう人が多いと聞いたことがある。

そうよね、みんなと一緒がいいんだよねと心に問いかけて静かに過ごしていたことに気づいた。

でも、今の私は違う。

そこを、どうくぐり抜けていけばいいのか分からない。

よっぽど強くて、よっぽど優れた子供であっても、無理な時もある。

大勢が群がれば、踏みつぶされてしまうとみんな必死。自分を守るために。

心の声が（おまえも、みんなと同じか）と聞こえても、聞こえない。聞いちゃいけない意識を逸す。

後悔に気づかない人になればいいのか。

いや、そういうことが出来ないから、甦るのだろう。

心の中にキズを背負い生きていたことに気づいてしまう人もいる。

まったくと言って、善悪の区別なく面白ければいいと考えていける人もいる。


子供に、おもちゃを与えると、そのおもちゃに対して従うように遊ぶ子供。

面白さを見つけ、分解したり、ぶつけたり、物に当てて喜怒哀楽を学んでいく子供。良い意味なら、研究探究。

間違いの方向に行けば、おもちゃでは物足りない。動きのある動物。人間に試したくなる。

それとは別に、おもちゃでさえ、いちいち注意を促す環境で育てられると、おもちゃでさえ手から床に落ちたら、いけないことしたと、人が見ていたら恥ずかしい思いを必死に隠す、自分を責めてしまう。

そういう子供に対して、大人も驚いている。

「いいんだよ、手がすべったんだものね。」

言えず、見ない振りの姿に変えてしまう。
そして去って行ってしまう。
取り残された子供は、罪の意識として残る。
失敗は、失敗として生きていく。
失敗は、成功のもととはならない環境。

私には、幼い頃から、監視の目が光っていた。
今も、常に、つきまとっている。
もう慣れっ子と言っていい。お利口さん、静かな子でいないといけない。
実際のところ、私にも好奇心はあった。
見えないところで、おもちゃを、ぶつけたりしていたと思う。
直に、飛んできて、
「こう遊ぶんだ、ぶつけたりするものではないんだ。」
おもちゃを、分解しようとしたら大変なさわぎになる。
いちいち口に出してくる。
それを面白いと、笑いながらはしゃげたら、良かったのかは、分からない。
常に注意を払う。

幼い頃から、子供心なく大人的行動になる。

幼い頃から、いちいち注意ばかりされると嫌な気分になる。楽しくもなく過ごしていた。

今も、続いている監視の目が入る。

今は、逆な考えがあるようだ。

（こんな、素直な人いるのか。何か企んでいるのではないか）

そう疑問に思われてしまうのだと分かった。

常に、完璧にしておく方が良いと思う考えに、一つの対処方法と考えていた。

何より注意が嫌である。


ある人が言っていた。

「善悪の判断で生きるのであれば、生きていけないわよ。だからニュース見ないのよ。」

「えっ？」

聞き間違いではないだろうかと考えた。

だから生きていけないと思うから、ルール、ミス、事故、人をキズつけないように、善悪の判断で生きるのは、必死なのに。

他の人からも、

「ルール守るのって難しいわよね。」

「えっ？」

私には、頭の中で錯乱が起きている。

今、注意されたことに、作られたルールに沿って守っていけば良いだけのことと思っていた。

捉え方が違うとは、思ってもいなかった、衝撃であった。

ある人は、追い打ちを掛けるように、

「早く大人になりなさい。」

「えっ？　大人なんですけれど。」

時代の変化がスピードを増して、土の時代を飲み込みながら、風の時代へと風が運ぶ。

流れに流れて、明日には、明日の風が吹く。

何が良くて、何が悪いかなどグレーゾーンルール、順番、決まりごとの時代。

ルールは、誰が決めたのと聞こえてくる。平和のため、争いをなくすために。

世の中から段々と、正義という言葉が一種の武器化にされるようになる。

人に依って正義とは、異なると言われる。正義感の強い人達は、居場所を追われていく、

「だから、言っちゃ、こっちゃないんだよ、頑張ったって駄目。」


信じる者は、バカを見る時代も到来。

私は、葛藤していた。

その、バカを見る時代は一時的なものと信じていた。

そのことを鵜呑みにすると、間違いを起こす。

その人達にとっては、スムーズに行く人生かもしれない。

私は違って見えていた。

常に、つきまとう。

何か問題が起きると、ミスもそうで、私のせいにされていたのも知っていた。

それは、試されているのだと。

信じる者は、救われる。努力は、報《むく》われる。

そう、生きていくのだと決めていた。

決して、ブレズに。

守られていることも分かっていた。

一つ一つのことへのズレが、生きづらさを生んでいた。

言わば、反することをする人に捉えられていく。


目立とうとしなかった私が、目立つようになる存在感が成長して、妬まれていくようになっていった。

今まで妬み続けていた私が、逆に妬まれる存在になるとは、思えず疑う。

(えっ？　なぜ、どうして、どこから変わった)

ただ一つどうしても、みんなと同じようには考えられない。行動も出来ない。

いや違う。出来ないのではない。

自分の考えの中では、反することで罪悪感。

そこで決めた答えが、私はきちんとルールを守ってやっていましたと、堂々と言えるようになって、ミスった時は、素直に認める。

完全に、責任感の塊。警戒心の塊で自分の身を守る。

それはルールであって、それが当たり前の行動だからと心に決めた。

その行動で、自信と成長と、達成感を得る。


悪いうわさ、良いうわさをされると言うことは、存在感を意味するものだと自分に言い聞かす。

（だから、頑張れ）

# 本 題

季節は春。三月と言えども、まだ寒い。

この時期コロナ感染が日本にも、少しずつ感染者も日ごと増えていた。

見えない敵の存在が、こんなに大変な長期的な事態になろうとは思いもしていない。

朝の5時。早々と田舎の友達に会うため、浮かれた気分の中で支度を調える。

外に出ると澄み切った空と、ひんやりとした空気を浴びて気持ちが高ぶる。

春を実感し、草花、鳥のさえずりに癒されて身体が包み込まれながら軽くなっていく。

田舎、福島の友達に会う日が来た。半年前に時期を決めて心持ちにしていた、今日がようやく来たのである。

東京駅に向かいながら、足が軽やかにテンポの良い動きである。

東京駅に着くと、もう時刻も6時半近い。えっ焦る。時間の過ぎるのは早い、時間との勝負。新幹線の中で、何か飲み物と食べ物は欲しい。

友達が、新幹線に乗ったら教えてとのことを言っていた。トラブルが起きなければ大丈夫。アナウンスで到着時刻を伝えてくれる。

平日に、ゆっくりと友達に会いたい。移動距離も考えての平日に会うことにしていた。

ウキウキ、ワクワクしながら、東北新幹線郡山を目差す。

早くに郡山に着いても、観光はしない。

食事をしながら、おしゃべりで時間は過ぎてしまう。今日のお店はと考えるだけでも、楽しい。年に二回会う友達である。

いろいろと妄想しているが、車内の中で食べるものは、まだ考え中。何にしようか迷う。

食べ過ぎると、友達に会ってからの食事のことも考えてしまう。焦る気持ち、早く早く。

新幹線に乗ると、車内でコーヒーを飲んでちょっとした食べ物もあるといい。

旅のお供で、ちょっとした旅気分を味わう。心躍る幸せ、満ちる気分が最高である。

それと、友達に会える最高の気分が増す。

郡山に着くまでの時間を、新幹線で過ごす。

時刻を見て、郡山なら、「なすの」にしようと考えた。気持ちは高鳴るが、考えてみると、お店の開く時間に合わせている。

結局は、11時近い待ち合わせとなる。

そこに、メールが届いた。

「私、少し早く迎えに出れるから11時でなくて、ちょっと早く来れるかい。」

えっ。考える。時刻を見て、あっ。何だ。乗ろうとした新幹線の「なすの」が8時28分。

郡山に着くのが、9時59分。

もっと早くに行きたい私だが、友達の都合もある。

友達にメール送信、時間とお願いしますと伝えた。車で、迎えに来てくれるからガソリン代かかる。私は、お世話になりっぱなしである。

今日の気分は、ゆったり自分モードに浸り、誰にも邪魔されたくないと強く願う。
新幹線を待つ瞬間も幸せな気分になれる。これから旅をするのだと、笑みがこぼれる。
ちょっとした贅沢な味わい。
疲れている心身を和らげて、解放感に浸れる。自分だけの空間、心の中で秘かに願う。
東北の人は、無口だからとは昔のことなのだろうか。誰かが歌う歌が頭に流れている。
新幹線が入ってきた。
ここから一歩新幹線の中に、足を踏み入れる。
毎回、毎回異なる人々。情景がドラマを生む。
新幹線が走り出すまでの、なんとも言えない緊張感。
早く自分の世界へ入ろうとする。
切り替えの瞬間に溜め息がこぼれる。
それから、買ってきたコーヒーと食べ物を袋から取り出す。
ヘッドホン。音楽、動画を楽しみながら、一人笑いをしていた。
新幹線は走り出す。速い速いトンネルの中へ入る。トンネルを抜けると荒川が見える。
外へと目を向けて音楽を聴く。

少しずつ、都会の風景から、ジワリ、ジワリと、のどかな田園の風景へと変わっていく。

遠くの山々に広がる雲の流れ。今日も一日の始まりを告げるように、鳥達の動きも躍動的に必死に映る。

人間ばかりではないんだと、生きていく上では戦う。

(何に戦う。戦わなくちゃいけないの)と疑問。

優雅に、平和に。のんびりと、まったりと自分のペースで。

他人に邪魔せず。他人に邪魔されずに。

必要な時だけ、関わりを持つ。

必要な時に会って食事をして、胸の内を話す。

必要な時に、にぎやかな飲み会で見せる。

みんなの笑顔に、また頑張ろうと。

勝手に想像するから、自分一人、一人が主人公になれる。

ふと我に返る。

新幹線の中は、空席が目立つ。

隣に誰も来ない。

「なすの」にして良かったと思う。

再び外の景色を目で追う。

遠くの景色、山々だけが目で追うことが出来る。

栃木県を走る。広々とした平野が広がる。冬から春へと。人々の行動が田んぼ、畑へと土を耕す光景に心引きつけられていた。

田舎から離れて、自然の豊かさを目にすると、小さな溜め息。日々の疲れが、ゆるやかに解放されていく。

時にハッと。一瞬、嫌な出来事を頭をよぎる。

これから友達に会う。ウキウキ、ワクワク感が台無しにされてはと、音楽を聴くことに集中する。

福島県に近づく頃に、頭の中で言葉が走る。

言葉が降りてきたのでメモを取る。

君に会えた勇気
変わり者はダメと
それを変えてくれた
私の前に現れた君

個性を連れて
人は個性を持っている

それでいいんだよ
個性と生きている君

自然の中で、風がゆれる
自然の中を、風が笑う
自然の中は、風がさけぶ
自然の中に、風が泣く

ほらね
太陽が君を照らしている
君のために

田舎にいた頃は、自分を出すより人に合わす。
自己主張は、わがままと。
東京での生活が長くなるに連れて、他の地方出身の人達と出会う。
個性を存分に押し出して、精一杯生きている人。なぜか、わがままに見えない。
そう言う人程、自分を前面に出してイキイキのトーク。笑顔に人が集まる。
それをムードメーカーと言うのだと知った。

また、言葉が降りてきた。
とりあえずメモを取り出し忘れない様にメモに走り書く。

素直になれば見えてくる

この風景は、ここにしかなくて
君たちが残してくれている
結局は、一番いい場所
結局は、一番いい場所
ここから逃げたいと思っていた
それでも自然だけは大好きで
遠くの山々見つめて、空を眺めて
飛び立つ鳥のように飛べたら
どんな世界が広がっているのだろう
想像も出来なかった

一人で生きて苦しんで、もがいて
また明日がやってきていた

この風景は、ここにしかなくて
結局は、一番いい場所
結局は、一番いい場所
大都会に身を置いて、必死に働く
巨大ビルを眺めて、居場所を探す
風が身体全体を包み込んで癒す
飛び立つ鳥のように飛べたら
どんな世界が広がっているのだろう
興味が刺激を受けていた

一人で生きて苦しんで、もがいて
また明日がやってきていた

気がつけば、周りに人がいた
一人でないことに気づいたよ
素直になれば見えてくる
大都会に身を置いて、必死に働く

毎日を生きていくことに疲れ、流す涙
気づけば、周りに人がいた
一人でないことに気づいたよ
素直になれば見えてくる

都会の風景も、ここにしかなくて
私たちの居場所を、支えてくれてる
素直になれば見えてくる

また明日がやってきていた

亡き祖母、ババちゃんの笑顔が浮かんだ。笑顔が浮かぶと、大丈夫だからと伝えてくる。浮かばない顔を見せてくる時は、気をつけろよと教えてくれている気がして、注意する。幼い頃は、いつもババちゃんと共に畑仕事にトコトコ小っちゃいくつを鳴らして付いていった。

たまに、ババちゃんは仕事を抜け出す。

知り合いの家へ採り立ての野菜を持って遊びに行く。お茶を飲みながら、おしゃべりが好きなババちゃんであった。

仕事を抜け出したババちゃんは、息子（私の父）に怒られていた。

それでも、懲りずに繰り返し怒られてはニコニコ。いつもニコニコ顔を浮かべていた。

私は、幼いながらも不思議な光景を見ている。あんなに怒られても……私は怒られるのは嫌で嫌で、嫌でしかないのに。

（何で？　怒られているのにニコニコしているんだべな）と。

私は、ババちゃんが怒られるのを見るのは嫌でしかなかった。

仕事を抜け出すババちゃんの後を小っちゃい足でトコトコ付いて行く。

「怒られる。怒られる。」

私は言いながら、私も一緒に家へと入ってしまう。

楽しかったのも事実でもある。人目につかない山道を歩いて行く。

山道を少し奥に入って行くと、自然豊かな世界が広がっている。小さな気持ち良い流れの音が聞こえる。小川が流れていたり、かたくりの花が一面に咲いていたり、木の実もある。キリの花、こぶしの花、木漏日《こもれび》は、スポットライトを浴びているような光景で美しい
ババちゃんの後を付いて行くと、少しの時間自然の中に、何とも言い表せない幼い私を誘《いざな》う。今思えば、童話の世界だったかもしれないと懐かしむ。

ババちゃんも真面目に畑仕事をする日もある。

その時も、小っちゃい足をぴょんぴょん歩いて畑へと付いて行く。

いちごの苗は、毎年違うところに植え替えしている。日光が、まんべんなく当たるよう

に傾斜になっている。気をつけないと危ない。

その頃の人達は、普通のことで危ないも何もない。やるしかないという一つの言葉だけ。

「同じところに植えていくと、実も苗も育たないからな。」

家で食べるだけの量であったが嬉しかった。柿の木も、実がなるようにと根元より少し上のところにキズをつけて、根元には灰を撒いていた。

「満面に甘味が増すんだ。うまいぞ。」

一つ一つ教えてくれていたババちゃん。

にわとりも十羽くらいいて卵を産む。

卵を食べ切れないので内緒で近所へ売りに行く。自分の小遣いを稼いでいた。

いつもニコニコ。どんな時でもニコニコ。


栃木県那須塩原から、福島県へと近づいている。

ここからは、トンネルが多く、外の景色が見えなくなるのが残念である。トンネルで自分の顔を見ていても心沈む。

（あっあ。トンネルに入っちゃった）

いくつかのトンネルをくぐる。

新白河に着くまでに、いくつあるのだろうと……。

空気と景色が、ガラリと変わった瞬間。

また、トンネルに差し掛かった。

「えっ。何。」

窓側に座り、季節感のある色合い豊かな自然の山々、味わいながら眺めていた私。

新幹線のスピードが、トンネルの中へ吸い込まれていく。

トンネルの中へ入ると、また自分が映る。

それには、もう驚きもしない。

しかし、別の姿の……顔がボヤケて見えた。

(えっ。先程ババちゃんを思い出して妄想か。気のせい、気のせい)

次の瞬間に、風が吹いた。

(えっ誰。何)

「えっ。私。」

一瞬にして、目を閉じる。正直怖い。

新幹線の中にいるのに、風が吹くなんて……。

何もないことにして、目を閉じようと思った。

「ぼくだよ。忘れた。」

「えっ。……」

思い出せないし怖い。刺激与えないように冷静、冷静にと心なだめる。

夢の中か、夢、夢だ、夢であってほしい。

子供の頃の風景が、場面がグルグル巻き戻されていく。

(何、何が起こっているの) 心冷静にと。なぜ、私は、ここにいるのか。夢、夢であってほしいよと願う。

また風が吹いた。

「雄一君は、あなたを探しているのよ。」

突然、頭の方から聞こえてくる。

(えっ。あなたは誰、怖々と)

思わず心の中で、つぶやいている。考える。

「私は、あなたよ。」

そんなこと言われても、心の中で夢、夢だ夢、夢大丈夫。

「忘れては、いないわよね。思い出したくなかったのよね。私は、もう一人の私よ。逆転したでしょ。」

私は、分かっている。もう一人の私。

今の私は、その声が聞こえている私、その声の私は、前の私。(物静かで暗かった私)

今の私は、なりたかった私。もう一人の私が、心の中で、イキイキとしていて、存在と強さを持っていた。時に私に諭す。

私は、ある時に意を決して、自分らしく生きたいために逆転なのか。入れ替わった。

分かりやすく言えば、性格が変わっただけと思っていた。

「あらっ。なりたい私になったからって、忘れたの。なりたい私になっても、前に進まないわね。」

「痛い。」

それを言われると、痛い。

「そりゃね。存在感と強さのある私になってもムリね。前の私を心の奥に閉じ込めたのよ。そりゃね、暗い性格は嫌だものね。理解はするわよ。」

理解は、してくれるんだ。嬉しい気持ちになっていた。

「でも、知っているわよ。私がなりたかった夢を叶えてくれたわね。嬉しかったわよ。その時はね……もう大丈夫ねと。やるじゃないのってね。そこから突き進め、進んだと応援していたよ。閉じ込められながらも嬉しかったものね、あなたの夢は、私の夢でもあるからね。どうよ。（一冊の小説）のことよ。」

（痛いとこ突いてきたよ、こんなはずでないなんて大きな声で言えないよ。恥ずかしい）

「その先動いているの。変わっていないわよね。もどかしいのよ。完全に入れ替わろうと様子を見ていたのよ。今の私が持っているのは、度胸と行動力。存在感と強さには勝てないと、心の奥で指をくわえて感じとっていたわよ。ホントじれったいわよね。」（笑い）

何一つ言えない。

何が、何だかと思いシラを切りたい。

言われていることは、事実の事実で痛い。

更にと……

「このままだと、間に合わないわよ。（父の死に）」

盛大に送ってやろうとしている気持ち。

あなたを無口と、周りの人の思うまま守ろうとしているわね。

そう存在感あり過ぎることで最初から出ないと、存在感をないと決められているのよね。

家族ごと、存在感がありで繁栄する家なのに。農家でなく商人だったのにね。

「えっ何のこと言っているのか分からない。」

「父の死っ、おそうしきよ。出席するか、欠席するかよ。」

考えていることは事実。

私が出席したら、何か……目立つ感あり。

何か分からないけれど。私が子供になるからいいけれど……違うのだ。

私は末っ子。常に末っ子。男の子でなかった子供。その子が目立つとなれば大変。今私は静かにしているから、周りも考え過ぎよと言ってくれるだろうけれど。何も知らないからそりゃそう。私しか知らないことだもの。

本当の私って、

「何の心配しているの。」

「だから、田舎に帰るか、帰らないかでドラマは大きく動くのよ。分かっているくせに。そこも、何だかなのよね。まあいいか。」

「まだ、父は生きているわよ。そうしきのことなんて、まだ先のことよ。」
「おそうしきに出席しなければ、身内が連絡したのかと。何やってんだべな。こんな時に世話掛けやがってと。だから何をやっても、どう生きたとしても、目立つことなのよと言いたいのよ。一生田舎に行けなくなるのよ。私は、あなたの心の奥で感じていたわ。両方の考えで動いているのよ。目立つなら目立ちなさいと言いたいのよ。」

再び言葉が降りてきた。

宿命

あなたばかりではない。
大変なのは、
あなたばかりではない。
そんなことは分かっているのよね。
いつも相談すると返ってくる言葉。
一度きりの人生
楽しくやらないとね。

十分に分かってはいるのよ。
じゃ、何悩んでいるのと強い言葉。
そう言われると、心閉ざす。
また、悩む。
くり返し、くり返しが嫌なのに
悩んでしまう。
人と違う、違和感に悩む。
楽に生きるのよ、
真剣に生きるのよ。
伝えたところで、理解されてない。
不甲斐無さ。責めて、責めて悩む。

認められている人も、少ないんだよ。
出来る人こそ、理解されず苦労する。

あなたばかりではない。
認められない人でも、特別な物ある。
楽に生きるのよ。

真剣に生きるのよ。
不甲斐無さ、責めて、責めて悩む。

ただ黙って最後まで聞いて欲しい。
自分で解決するのよと言われ悩む。
上手く言葉を伝えられたら
最後まで話を聞いてくれたら
もう少し、もう少し
からんでいた言葉がスムーズに
あと少しのところで、言葉をにごす。
人に話を聞かす人。
人の話を聞ける人。

自分の夢を、楽に語りたい。
自分の夢なのに、遠慮してしまう。
悩みの種を蒔いて伸びてからむ。
この先も、どうしようもない人で終わりたくない。

やさしい、あなたを
いつか逃れる
積み重ねた日々の記録　誰かを救う。
その体験が、人をも救える日が来る。
きっと来る。
いや、必ず来るよ。
人によっては、同じ救いはない。
宿命であると信じることで
自分を守る。

どうしたことか、言葉が降りてくる。

（私は幸せ）

私は幸せ
あなたと言う信頼の人、家族もいる
私は幸せ

会いたい時に会える友もいる
私は幸せ
物事に触れる時間
得られる場所もある

相手が、一番怖がるのは、
自分より存在感ある人が怖い
距離を置く程に、豊かさが増す
距離を置く程に　妬みも増す

何もしないで指くわえてる
何も起こらないのよ
では、真似ればいいの
それも違うの
土台を作らないと
またまた頼もしいことを
私は幸せ
努力を続けた結果ですもの

世の中無駄なことはない
いろいろと一秒、一秒学んでいる
身につけていくことは、
努力と言える力。
それを身体に、叩き込む
人は涙して、生きていくもの

嬉《うれ》しくとも　泣く
悲しくとも　泣く
楽しくとも　泣く

人を愛せる人は、人にやさしく
人に寄り添い
私は、幸せ
私は、全てを失われないと願う

「何をやっているの。」

ビクッ。驚いて、身体が浮いた。

「ごめん、メモらないと忘れてしまうから。」

間があいた。

「あら、続いていたのね。良かった。さすがだわよ。存在感ありありが眩しいわよ。大丈夫なの。」

日々、書も続けている。話すことではない。


（静かな人って、何考えているのか）

小さい頃から、聞かされて育つ。
そうよ、沢山、沢山
いろんなこと考えているんだよ。
大人しいと書いて、大人とも読む。
本当大人なのよ。
それは、どうかでは？
そう、相手を察して目に留まる。

静かかどうか、察してくるんだよ。
途中で、静かでないこと知ると……
目をまんまるにして驚く。
あらっ。言う人だったのね……と。
静かに去る　静かにね。
あなたが気づかないだけでしょう。
あらっ。言う人よねと興味を示す人
聞き上手って言葉あるでしょう。
あなたも、聞き上手になってほしい
でも、声は届かないんだよ。

「何が、大丈夫なんだって。」

「えっ。入ってこないでよ。」

（大丈夫だよ）と話してもいたのに。

ここの常識は、世間の常識いろいろ
勘違いする人、される人大きな差。

人は、見た目で分からない。
でも見た目で判断をする。
私は幸せなのに、
人から見たら違うらしい。
カワイソウ、いや違う。
それが意図
もう私も、十分に生きている。
私は大丈夫。
あの時から。

「えっ。大丈夫って。」

……あっ。

雄一《ゆういち》君が口を開いて、言葉をかける。

すぐには、分からず……

雄一君しかいないから、そう思う。

そこに興味。

「そうよ。あの時からね。」

大丈夫と誰かに言って欲しいと願った。

あの頃の私とは、違う。

強い私になっている。だから、もう大丈夫。

私の真剣な人生を、認めてくれている。

私は、生きたいと強く訴え願った。

ふと、風が……

（分かっているよ。あなたが言いたいこと。大切にしてね。自分を大切にしてね。大切に
大切にね）

風が私に、まとわりつく。

あーっ。もしかしたら、奈央《なお》ちゃんなの。身から命を、ビルの風に煽られて飛び立って
逝った。

分からないものね。

私の全て、欲しいもの全て手に入っていた。様に見えていただけ？

友達と絵の個展も開いていて、チャーミングな人だったのに。

家族にも、愛されていて羨ましかったのに。

それこそ、悩みなどないだろうと思った。

本当よね。人は見た目では分からない。

それこそ、誰にも分かってもらえていなかった。

心は、いつも満たすことないと言っていた。

家族の前では、いつもいい子でいる。

あの笑顔は、何を語り掛けていたのか。

「私の前から、消えて逝った人がいたのよ。私の宝。私の目標にしていた人がね、私の目標にしていた人が、遠くへ。」

そこに、風が吹き渡る。

(ごめんね。私は、生きたいのよ。私は、これからの自分を見たいと思ったの。奈央ちゃんに会えてね。いつか、奈央ちゃんと絵本を出せたらと願っていたの)

言葉にはしていなかった。絶たれた辛い悲しみ放心状態、無気力、脱落。

「ごめんね。これからの私を、自分の目で見たいの。」

生まれて、初めて生きたいと思った。

奈央ちゃんに会えたことでね。個性的に生きていいのよと教えてくれたのよ。

それは、私らしく生きていいのよと背中を押してくれていると思いたい。

分からないものよね。
見た目では、心の奥まで分からない
分かってあげることが出来なかった
その悔しさより

これからの私を、自分の目で見たい
冷たい私。
そこから時を得て、冷静な動じない
私がいる。

雄一君は、ただ黙って感じとっていた。

降りてきた言葉を必死にメモる。

まとまりも、間違いもあるけれど必死に書く。

いつか必要な時が来ると思って。

後で資料をノートに書き写す。

奈央ちゃんと出会い、私を変えてくれた何人かいる中の一人。

私らしく生きる。誰に何と言われようと、堂々と生きていくと決意した。


今の私になる前の存在感と強さを持っていた（もう一人の私）。

「あなたは、いつも励ましてくれたわね。」

私は、知らない。

悲しみに脱落感を乗り越えた瞬間のことは。

私は、存在感と強さを持った心の奥の私。なりたい私と入れ替わっていたと。

今までの自分と違うと、すぐに感じた。

入れ替わった後の私は、存在感、強い女、カッコイイ頼もしい。

それこそ、私らしく生きていけると自信に満ちていた。

強い女と言われても認めてあげられる。

なぜなら、努力し打たれても（出た杭）打たれても動じない。

信念を通して身に成る。苦しみ、悲しみ、やさしさ、更に辛さの中で学び得て強くなって、支えられない自分の強さ、身体が脱皮をして順応していたように感じていた。

「ホント、カッコイイじゃないの。心の奥に閉じ込められながら見ていたわよ。心配で心配の時もあったわよ。だから大丈夫ねと言ったのよ。」

「私のことだけれど、今何が起きているのか。」

「えっ。大丈夫って何がよ。」

「若い時には、強い女だなと言われると嫌気がしていて喜べなかったわよね。」

心の中で、私だって弱いのよ。守って欲しいのに。それが女性だと思っていた。

若い頃は時に、強い女と言われないようにカワイイ女を魅せなくちゃと本気で思った。

ところが、ある時、

「おまえは、カワイクしても似合わないな。」と言われて泣いてたこともあった。

何が違うのだろうと悲しかった。

それを経験しているからか、強い女と言われては誇らしげな笑顔。カッコイイは、いい響きに聞こえている。

　ここまで、努力出来たことへの感謝を胸に。感謝する喜びを知ることが、幸せと感じてる。

幸せは、目に見えるものでないの。
感じる心を知り
心のすき間が埋まっていく。
伝わる、感じる
少しずつ、少しずつ満ちる心
私の存在感、強さを手に入れ生きる

「そうよ。あなたはもう一人の前の私よね、度胸と行動力に変えて、もう必要ないんだ。心の奥へ閉じ込めてしまったのよ。今までの自分と決別したかったのよね。情けない自分、自信なさの自分を思い出さないようにしたのよね。二度と、あの頃の私を思い出したくなくて……でしょ。」

　あっ。ジワリ思い出しては、何とも言えず、

「そうか。」

「えっ。何がそうか、なのよ。」

「私も、手に入れたんだ。度胸と行動力のある、あなたを。羨ましく、すごいと思ってドキドキさせられていたわ。そう、いつも。」

何、バカにしているのかと思った。

「えっ。羨ましかったんだ。」

「あの頃の私のどこがよ。羨ましい、信じられない。それより思い出したくない。」

「だって、高校二年の終わり受験シーズン。

家出とは、間違われないようにしてさ。一人東京に行ったことあったわよね。高校の制服は目立つと思って、中学の制服を着て。東京にいる、おばちゃんからの手紙を持って住所書いてあるものを持ってね。誰かに聞かれても大丈夫のように、電話番号も記載されていたので安心と。バッグの中に忍ばせてね。

大胆な行動にドキドキ、ハラハラだったわよ。

オーディション受けになんて、あの頃の時代は、情報など知らない。田舎者の娘。」

あっ～あっ～。思い出してしまった。

無知の私、恥ずかしいよ。

「そうよ。母が、お金、お金といつも言う。うるさくて、だったら私が何とかしようと。どうして、そんな大胆な行動。気持ちが動いて、須賀川駅から特急に乗り込んで上野へ。もう思い出したくもないわ。恥ずかしいだけ。」

ウッフフ。面白い。

「私たち、共通するものがあるわね。やさしすぎる。争いを好まないところ平和主義。」

まだまだ途中半端。足を引っぱられている。

また言葉が降りてきた。メモメモね。

本当のことは
自分をキズつけている。
キズつけて
自分とも認めてあげていない。
自分を認めて、
認めて、幸せを覚える。
人にやさしく。

様々なところで　この人やさしい
どこまで、やさしい。
どこまで、甘えさせてくれる
試してくる人、付け込んでくる人。
グイグイと。

いつか、あきらめるだろうと。
今は、違うのかな。

人を見たら、泥棒と思え。
口より、手を動かせ
口程に物を言う
口達者な人には、気をつけろよ。

口すっぱく言われ育てられていた。
今は、人の気持ち、思いやる気持ちより、自分優先。コミュニケーション能力。
アピール優先。それが出来る人が認められる。
仕事、仕事、仕事優先は愚《おろ》か者。
黙っていると、やさしいは騙す疑う。
捉え方が違い過ぎて、生きづらい。

人の気持ち優先
自分の気持ち後回し

わがままな人と罪悪感、自分責める
今は、自分アピールで
自分意見優先
言った者勝ちになる。

勝ちって何。
負けも、勝ちもない。
そう、正義、今通用しない。
そう人により、正しい、間違いは
異なるから、正義は使えない。

いかに聞いてもらうかのアピール。
楽にしていくのが、天才
あっ。
いや違う才能らしい。
聞いて頂けるなら、うそでも大げさ
更に、
こじつけて知恵をしぼる。

グレーゾーン。

うそにならないらしい。

私は、バカ正直に生きる。


程々に、頑張らない生き方。

頑張っても、給料上がらないよ、

「あなたのことばかりではないわ。仕事を嫌な顔しないで一生懸命にやっている人の姿に腹が立つらしいのよ。

成長を続け、高次元を目指す。そこに、たどり着けばいい。足引っぱる人はいないのよ。本当よ。信じてね。」

「なんで、分かるのよ。」

「ウッフフ。だって、あなたですものね。

どうなの。存在を得た気分は。大変だったんだ戦い。メモ書き、ダラダラ書いて（グチかと）私は、自分の出番がやって来たと思いましたよ。」

「えっ。大変だと思ったら、カワイクないそれが、いけないのよね。私は正直者だからうそはつけないのよ。」

バチ当たり、バチ当たりと言い聞かされ育ったからね。

「母の言うことって当たるのよ。怖いのよ。ほらな、見てみろよ。あんなことしていたらバチ当たるべ。数日経つと、本当にバチ当たるのよ。母は、ほらな……バチ当たったろちゃんと生きないとな。結果まで見せられてきたのよ。

人生に反則なんてないし、反則して得たとしても心から喜べないことも分かっているのに苦労して、頑張って少しでもいいから、頑張ったからと思える喜びの方が、何十倍も嬉しいものよ。」

私を見かねて、小バカにして……いや違う。助けられるものならと、じれったいと思う人もいる。

「一生苦労するのね。そんな遠まわりしなくとも、いくらでも方法はあるのよ。」

心を閉ざす。そんなこと言われても、私には頑張る以外分からない。苦労は付きもの。

と心の中でつぶやいていた。

「ウッフフ。だから、共に生きていく時が来たのよ。あなたも知る時が来たのよ。共に一緒でしょうよ。今でも見守られているのよ。今でも見守り続けている存在……守護霊様自身を、自由を、愛を、ミステリアスにね。」

アナウンスが流れる。

「新白河、……」

あれっ。どこ行った。寝ぼけているんだと思ったところへ……夢の続きなのボーッとしていた。

「何言っているの。まだまだよ。先は長いんだからね。守ってくれている存在がいるでしょう。ガマン、ガマンしていろよ。任せておくれと存在の笑顔よ。」

私を見守り続けている。もちろん実感あるババちゃんの存在。二人、三人はいるわよ。道をはずれようと好奇心の赴く方に行こうとすると、邪魔をして、難を防いでくれる。

気づくまでには、時間がかかったけれど。

どうして私の人生上手くいかないんだろうとクヨクヨしていたものよ。

守ってくれているんだと分かってきてからは、注意か、現状維持、謙虚さを求めているなと冷静に行動出来るようになっていた。

ババちゃんの笑顔が、一つ一つが冷静の判断。

もちろん努力なしには語れない。

手を抜こうとすると、ミスを起こさせてしっかり手を抜くんでないと注意されている感覚。見ていてくれているが嬉しいし手応えがあった。

いつも、ババちゃんの大丈夫と思わせる笑顔が嬉しい。笑顔がない時は、不安だけれど。

「そうよ。私達、共に存在よ。持ちつ持たれつの精神ね。」

「えっ。古くない久々に聞いたわよ。」

更に続けている。

「裏と表。陰と陽。足りないところを、共に助け合う時が来たのよ。伝えるを仕事にしていくのよ。」

若い頃の私の時代。今の時代とは大きく違う。

一人一人が一人前になるように育てられていた。その仕事に付いていけないと、向いていないのではと辞めていき、次の仕事を探す。

「……で、どうするの。雄一君は、どうなったの。」

「あっ。思い出したわ。中々たどりつけなかったわね。まァー、いいか。あなたも、ずっと気になっていたのよね。だから、少しでも楽になればと思いましてね。今なら大丈夫。ウッフフ。出来るあなたがいるのよ。あの頃のこと反省しているんでしょう。」

あの頃の私に謝りたい
大丈夫、大丈夫
今だから

今、この時代に出来ないことはないのよ。

この時が、来たのよ。

「あなただって、雄一君のこと一時も忘れていないでしょ。これから後悔するのよ……年が増して残り少ない人生に、いっそう思い出して、行動出来るうちに動かないとね。」

一番の苦手なこと。親戚に踏み入れたくない。分がっているのに目を伏せるのは罪よね。

「何で、分かるのよ後悔なんて。」

「だから、私あなただからよ。行こう。あの頃へ。雄一君は、あなたと遊びたがっていたのよ。雄一君もね、お姉ちゃんは元気でやっているのかと。調べたいが、無口な雄一君には無理なのよ。繊細な心が病んでいるの。助けたい。私達は、伝える仕事で人を救うのを始めていきましょうよ。」

「えっ。いきなり言われても、どうするの。」

静まりの中、

「今もぼくは、ここにいるよ。家の中にいるんだよ。おれらしく生きたい。おれらしさって何かは、分からないけれど。お姉ちゃんは自分らしく生きているのがい。どこで、何しているんだべ。おれを、ここから出してよ。でもね。どう出ればいいのかも分かんないんだ。どう生きていけばいいのかも分かんないんだ。」

あっ。なつかしいけれど恥ずかしくもある。今更に。

どうすればいいんだ。隠れるか。

「えっ。いやいや、隠れてどうするの。ここからが始まるのよ。分かっているわよね。」

……？

幼い頃の私は、恥ずかしい。下を向いて歩いていた。

ここから始まるって、いきなり元気を見せたら驚く。

「どうしたんだ。」

驚かれる。それが恥ずかしったらありゃしない。

「何。乙女チックに花咲かせているのよ。乙女ならいいわよ。幼いんだから。」

「お姉ちゃん、聞いていた。うわの空で聞いて聞くの辞めたが。お姉ちゃんは最後まで話聞いてくれるだが。」

何の話だっけ、驚いて忘れてしまう。

あっ。そうそうと思い出す。一つ一つ恥ずかしいだけである。

ここから出してって。出来る訳ないじゃない私に。どう逃げようか。

「ここにいれば、不自由なこと何一つない。母ちゃんと、姉ちゃんに面倒見てくれているからがい。食事、洗濯、お風呂も与えられておそうじもしてくれるんだぞ。好きなことを好きなように過ごしていげている。いいべなと言うのとは違うべな。不満に聞こえっがら言えねえだ。」

雄一君は、辛いんだ。何もかも世話になっているから。（じゃ、やってみればいいじゃないの）と一言でかたづかない、分かり過ぎるから動けない。

私の実家の母と姉のように。一つ一つのやり方でさえ、もめている。

本人達は、もめているとは思っていなくとも。私にとっては、けんかにしか見えない。

けんかは嫌だ。

雄一君も、もめている二人を嫌と言う程見てきている感が伝わる。

「ねえ、聞いているんがい。おれを、ここから出してよ。」

ここから出してって、親戚だから困る。

私は、元々距離が出来ている。私の入り込める隙がない、とりあえず返事を。

「ウン。聞いているよ。怒られたりしないんでしょ。何もしない訳でないでしょ。グダグダと小言も言われないでしょ。だったら大丈夫ではないの。雄一君も社会に出て頑張ってきたのよね。少しは、雄一君のこと聞いてはいるので分かってはいるの。でもね、どうやって出してあげられるのか。どうして出たいと思うの。お姉ちゃんは分からないのよ。勝手に出す訳いかないからね。」

「それに、余計なことしてくれたと怒鳴られてしまうよ。大事になりかねないものね。」

「だから、考えているんだよ。何もしない出来ない、おれだから。ただ、このまま年をとっていくだけの何の存在にもなれない。自分は何者かにもなれない。この先見えない恐怖で、頭が変になるんだよ。今なら間に合うかも。間に合うよ。間に合うのではないかと時々思うんだ。それから、あの頃のお姉ちゃんが浮かんでくんだ。どうしているんだろうってがい。」

雄一君は、あきらめずにいるんだ。でも行動するには、程遠い場所。手強過ぎる。

「ねえ。聞いているのがい。」

私も同じだったなと。だから東京に出た。私は、女の子。三姉妹の末っ子。

父は、東京に行く私を必死に阻止しようとしていた。その頃、姉とけんかが絶えなかっ

た。そんな二人を見ていた母の口から、

「一人くらい、遠くに行けばええ。」

それを聞いた父は、母に説得させられていた。

だから私は、こうして東京で暮らすことが出来ている。

いつも母に、

「静かに、静かにしていろよ。黙っていろよ。目立つんでないぞ、いいが。」

我慢することで、鍛えられていた。

だからと言っていい訳でない。頭がおかしくなる。家の中から出してもらえない。飼われてしまうと病的にされて、駄目なんだ、駄目なんだと。一生駄目あつかいされてしまうと東京に出るまでは、我慢しようと思っていた。

絶対に東京に行くと決めていた。そして実行出来ている。

私と雄一君は、不運の子。

雄一君は、私と違う。

初めての男の子。

本当なら、大喜び、バンザイ、バンザイと。

雄一君の母と、私の母は姉妹。

私の母が姉である。

私が生まれた時、また女の子かと。

枕元で、

「今からでも、男の子にすることでぎねえのがい。」

母の目から、涙がポロリとやり場のない顔向け出来ない恥ずかしさ。

父は、間違いなく男の子と思い、

「男の子が生まれる、男の子だぞ。」

大喜びの叫び、お祭り騒ぎを始めていたと言う。家に戻った父の目には、女の子。

沈黙が続いたらしい。

その3年後に、妹の方に雄一君と言う男の子が生まれる。

大喜び、手たたき控えてのヒソヒソ男の子だったと。私の母に気を使う。

そんな事情があることなど知らない私達は、すくすくと育っていった。

「遊んでくれなくとも良かったんだよ。あのね、おれはね、お姉ちゃんの後を付いて歩いているだけで良かったんだよ。お姉ちゃんのやることを真似して笑っているだけで。お姉ちゃんは、やさしい。今もお姉ちゃんの後を付いて行くよ。いつか、お姉ちゃんに会えるのではないかと信じていたんだ。おれの唯一の目標なんだ。」

微笑ましく、頼れる感覚の柔らかさ伝わる。

「年月が、いっぱい過ぎたね。かなり年だけ増してしまった恥ずかしい。」

「お姉ちゃんも、おれより年齢増しているのがい。」

まだ続くのか、年齢のことと思いながら。

「えっ。そこなの。年上だから、そうだよね。」

何、いきなり突き落とされたみたいな気分。

「お姉ちゃんが死んだとして、おれの家にも一報が入るよね。その時だっていいんだよ。一瞬でも見れるかもしれない。お葬式に絶対行くよ。」

何の話ししているんだ。

「ハイ。うん、ちょっと待って！　何言っているのか。私は死なないのよ。」

そうか、そういうことなのね。

「ちょっと待ってね。」

冷静に心落ち着かせている私。

「でも、おれは行くこと出来ないか。人前に出してもらえない。遠くで見ているのも悪くないかな。見られなかったら意味ねえもんない。」

私も、そう母方の親族のお葬式があっても、

「こっちで、やっておく（香典）人前に出してもらえない。雄一君も同じ。」

「ねえ。何言っているの。私は死なないんだからね。」

「聞こえないわよ。」

「えっ。」

「あなたは、雄一君と話しているつもりだろうけれど残念ね。雄一君の心を、あなたに伝わるようにコントロールしているのよ。私がね。雄一君の願いを、私と私の二人の力で出

来ると思うのよね。だからね。」

何がしたいのか、さっぱり分からない。考えても分からない。

「ねえって……また何かあるの。」

何を始めようとしているのか。怖じ気ついてしまう私。イヤダヨ。

「ここからが本題なのよ。」

「もう郡山に着いてしまうし。今度、今度ね、もう降りる準備しないと。」

「大丈夫よ。私に任せて、雄一君を何とかしてあげたいのよ。今度こそ行くわよ。何怖いの……行くわよ。」

一歩踏み切る勇気。

「何やっているのよ。強い私にあこがれて、あなたは、私と入れ替わった。私に嫉妬していたことになるのよ。」

言われていることが、痛い。夢、夢だよ。

「えっ。そんな……」

神様、仏様、夢でありますように祈りたい。

「そうでしょ。手に入れたのよ。責めているのではなくて、何も変わっていないことによ。本は出せたのよね。でも次の動きがないね。別世界へ踏み込むのが怖いのね。目に見えない忙しさ。他人の目に、さらけ出す未知の世界。でも私が言いたいのは、あなたは大丈夫。努力してきたでしょ。準備もしっかりしてきたでしょ。試されも、クリアもしてきたでしょ。大変な苦労よ。」

「えっ試しって。」

「そうよ。仕事増やされても、あなたは自分に問い掛けられる。自分なら出来ると。キャパを広げることが、魔法を使えるのよ。出来る。やれると思う気力。体力が達成クリアに導かれている。特別なことでなくて訓練の成果。今は、私が付いているのよ。度胸と行動力ある私。あなたには、存在感のまぶしさと強さ。私に任せてね。一緒、一緒、分かった。何度も言わせないでね。出来るんだからね。大丈夫、笑って。気持ちを前向きにするだけでいいのよ。」

おーオー。急に風景が変わる。次々回りながら。

私と雄一君。あの頃の幼い二人の姿だ。

風がなびくほどに

風が吹くと、雨になると言うよ。

なびくほどの風は、大丈夫。

私の体を、スルリと抜けていく風、

あなたを思い出す。
私はここにいるのよ、フーっと瞬間
見守ってくれているのよ。
私もあなたを忘れてはいないのよ。
心の声が、私を伝う。
一人歩いている時間も
心の声が語りかけるように
どこに向いて歩いているのかと。
風まかせに、あなたを思いながら。
あなたほどに、変わった人はいない
幸せの時間、風と共に。
心地良い、足どり。
心の声に訪ねる、風は自由だね。
風がなびくほどに
私も自由だね。

ウッワー。なつかしい。
母の実家に親族が集まる、お正月。

私は、小学三年生。雄一君は小学一年生。お年玉欲しさに、ついつい母と一緒に来てしまう。

雄一君も来るのかなと、子供は、私一人だと時間が持たない。

雄一君のことを、心待ちにしていたのも事実。気持ち安心する時間になる。

私たち二人は、末っ子。

年の離れた姉二人が、どちらにもいる。

それぞれ、六歳以上から九歳以上離れていた。

「私達、お年玉もらう年でないんだべ。おまえは、行くんだべ。いってこい、いってこい。」

私のいないところで、二人の姉はコソコソと怪しい動きをソワソワ。早く行がねえかとバレている。後ろに隠し持つおかしの袋。

「あっ。何か持っているべ。今隠したべ何隠しただべ。」

母が、動く。

「早く行くぞ。あっ習字書いたの持ったが。見せるんだからな、あいさつすんだべ。」

二人の姉は、笑いながら見送る。

鬼の居ぬ間の洗濯か。

お正月のごちそうと、おかしを食べながらテレビを見て楽しむ二人の姉。

「いいな。のん気だべな。」

その頃の時代、母は自分で髪を染めて結う、特別ではない。着物も自分で着付けて誇らしげにウキウキ気分で実家に向かう。

今でも、私達には髪、洋服についてはうるさい。

「誰が見ているか分かんねえだがらな、恥ずかしくないようにすんだべ。」

あっあー。私も男の子だったら雄一君と遊ぶのが、どんなに楽しかと。思い切り遊べたのにと悔む。

私は女の子。ババちゃんは、いつも、

「あぶねえぞ。あぶねえぞと心配する。あぶねえことすんでねえ。ほら、あぶねえべ。あぶねえどころへ行くでねえべ。ほらっ。」

後に付いてくる。心配で心配。

「あっちいってらっしっ。」

あぶない、あぶないとうるさくて。途中で辞めてしまう。

心配してくれているから、悪い気持ちになる。

そんな私。女の子らしいと自分で思う。

逆に雄一君が、女の子だったらと思っていたのかもしれない。

妹が欲しかった。

ちょうど、私より下の雄一君。

男の子でも、背が小さい。当たり前だがカワイイ顔立ちをしていた。

どう接していいのか、正直分からなかった。
母の実家に行くと、決まって私達二人は外に出る。
民家が立ち並んでいて、道路には遠いので大人達は安心していたのだと思う。
私達二人は、悪いことしないし安心している大人達。自由ではあった。
いくら子供でも、外は寒い。
雄一君は、おそる、おそる恥ずかしさと共に近づいてくる。

物心付いた時は、子供らしい一面も
時折その場、その人、その空気を感じ
少しずつ少しずつ、大きくなる自分
羽の先を隠す。
飛べないの。出来ないの。静かに
そうすることで、周りが平和になる
本当の私は、こんなんじゃないのと
羽の先を隠す。
飛べないの。出来ないの。静かに
そうすることで、周りが平和になる

自分にも攻撃出来ないの
羽の先隠して、守っていたのは私。

家の中では、大人達の大きな声と笑い声たまに怒り。たまに笑う。

私達二人は、目立たない静か。

お互いに相手に合わす。ひかえ目にしていた。

トコトコと。家の周りを歩く。

あっち歩いて、こっち歩いて、そっち歩く。時には立ち止まり、よそ見をして考える。

何かないかなと探す風に。

遊ぶものは、何もない。正直つまらない。テコテコ雄一君は付いてくる。嬉しくもある。

男の子は、何して遊ぶのかな。

「何する。」

小さい声で聞いてみる。

恥ずかしい顔で、悩んでいる。

雄一君は、楽しいのかな。変に気を使うようになる私。

ねえ、何して遊ぶ。かくれんぼ、虫とり、木の実とりと言ってくれたらと。

冬は何もないから困る。せめて雪が降ってくれたら救われるのにと。

かくれんぼしようかとは、なぜか言えない。

私達は、声を出して大声出す遊びは苦手。
（何だ、元気な声出せるんだ。）
言われると恥ずかしい。
（何さわいでいたんだ）
母は、迷惑かけたのではないかと思ってしまう。
私達二人して、口に出せない静かに気を使う。

赤とんぼ
私が子供の頃の遊び
自然豊かな環境
赤とんぼが飛び交う
夕暮れに

今は、冬なのに赤とんぼなんて。
赤とんぼ、つかまえられる。遊べる。
網もあり、枝と枝の間にクモの巣を張る、とんぼが近づいて、つかまえる。
赤とんぼが人差し指にとまる。もう一方の指でクルクルと、目をまわしてつかまえる。

弱くなったところを、つかまえる。

羽の先を少しちぎる。飛べないとんぼ。

今ならゾっとしてしまう遊び。

自然の中で育つ子供の遊び。貴重な生態学習。

「ねえ、次は何して遊ぶ。」

テコテコ静かに雄一君は付いてくる。

私は、離れたかった。少しずつ少しずつ遊び方が分からず困っていた。気づかれないように。

「寒いね。寒くない。眠くなったべ。」

玄関の戸が開く音。誰かが来る。

「ごはんだべ。」

ちょうど良かったと、安心する。

「寒がったな。家の中に入っぺな。」

雄一君に、やさしい声を掛ける。それだけである。私がしてあげられたのは、それだけだった。遊んでいない心が痛んできた。

静かに、静かに、そっと家の中へ入る。

目の前に、ごちそうが並んでいた。

どれも、おいしそうだなと心の中でつぶやく。

どれから手を伸ばそうかなと。一瞬母の顔、目が合ってしまう。好きなものを、好きなように食べれない。

（いやしく、食べんなよ。お行儀良くしろよな）聞こえてくる感じが伝わる。

小さい口に、本当は大きく開くけど。少しずつ、少しずつ口に入れて、いつまでもカムカムしていた。

あのごちそうに、手を伸ばしたいなと思っているだけで実現しない。

食事をして、やっと緊張から解放されてた。

「何やって遊んでいたの。外は寒かったばい。」

さすが、一番上のおばちゃん。やさしい言い方をして聞いてくれる。

「なに、子供だもの寒くないべな。」

私達二人は、ニコニコ照れ笑う。ぎこちない笑い。愛想ない笑い。

笑うのも恥ずかしいので、感情も出せない。

子供だって寒いのは寒い。二人放り出され感が伝わっていた。私達二人は言えない。

ただ、大人達の話を聞いてもつまらない。

邪魔しないようにするには、外へ出るしかない。

大人達の話を、邪魔して怒られたくない。

だから、寒い中我慢、我慢の辛抱。

雄一君も、いてくれたので心強かったと思う。

誰か声を掛けてくれるまで、決まって静かに外で遊んでいる。遊ぶと言っても何もない。静かな二人。雄一君を、けがさせないように気が張る。子供だったからその言葉は感情は知らない。でも泣かせないようにしないと（おまえが泣かしたのか。何したんだ）。すぐに、母の怒る声が、大勢の前で嫌なだけ。

食事をして、私達二人は疲れ眠りに……

## 大人

不器用さが、真面目さが嘘がつけず
罪悪感が自分を責める。
小さい頃、大人達に静かにやさしく
嘘は言わない。良い子でいなさい。
そうしないと、バチが当たる。
エンマ様に、舌を抜かれるよ。
指切りげんまん、指切りげんまん。
うそついたら針千本飲ます。
指切った。

約束げんまん、うそつかない証し。
一つ一つ目に見える物を信じ、一歩一歩踏む
五感に浸透させて確信する。意志が育つ。
なぜ、どうしてともがく、苦しむことも
自分は間違っていない。
理不尽許せず、正論語る。
許せない意味分からず
なぜ、おかしい人、変わった人と呼ばれる。
自分に仮面を、心の中に言葉を閉じる。
変わった人だと、喜ばれるくらいなら
自分を受け入れて、ジョークの一つ。
人を喜ばされるくらいならいい。
私は私。静かなら静かでいい。
いいんだよ。
ありのままの自分を、上を向いて歩く
もう悩まず、苦しまず、悲しまずに。
自分は駄目だなんて、思わなくていい。

人は、みんな違う。
自分を受け入れてくれる場所がある。

外に出よう。人生は修行。
良い日、悪い日反省しバランス保つ
生きていれば必ず廻り合える。
見たことのない自分の姿に。
一つ一つ伝わる感覚。
ゆっくり、ゆっくり焦らずに
自分の中に、あるものあふれる思い
一つ一つ足を地に着けてきた苦労
我が道行く。

眠りについた、幼い頃の二人を見ている。
あの頃の私は、やさしくなんてない。
静かにしていただけ。
雄一君が、羨ましかったんだよ。
やさしい、お姉ちゃん二人に囲まれて末っ子の男の子。（実のお姉ちゃんのこと）

両親も、カワイイと雄一、雄一と家の中は明るいだろうなと思った。

二番目の、お姉ちゃんは須賀川のおばちゃんのところで下宿していた時期もあった。

母に連れられて、遊びに行くとよく話すことがあった。

「亜紀《あき》は、本が好きで、本で埋もれている。天井が落ちないかと、いつもビクビク心配しているんだよ。何か勉強しているんだ。頭がいいから、私は分からないよ。」

嬉しそうに話す。

私は、亜紀さんに少しだけ羨ましくもあり憧れてもいた。

雄一君の、おじさんが家に来ることもある。

必ず雄一君の話をする。頭のいいことを自慢していた。

ただ、無口なあまり心配もしていた。

でも微笑ましいくらいの喜ばしさが伝わる。

雄一君とは、小学五年生の冬を境に……

おこづかいよりも、男の子と遊んでいると何を言われるかが気になり出してきた。

雄一君に会うのが嫌ではない。

正直、どう接すれば良いのか意識する。

誰にも言えないから、逃げた。

罪の意識が宿ってしまった。

あの頃の様子を見て、やさしくない私、恥だと思ってしまう。

眠りから覚めた二人がキョロキョロしてる。

「あっ。起きたが。」

テーブルには、更にごちそうがいっぱい。

お正月らしい。あれも、これも食べたいものばかり。

私は雄一君の動き、雄一君は、私の動きを見ていた。

遠慮する運びで、母を見ながら箸を伸ばす。

静かに、静かに、お行儀良く。こぼさず、キレイに食べる。

「おいしいべ。たくさん食べろよ。家に帰ったら食べれないべ。」

食べたいが、母は常に見張る。

(遠慮しろ。いやしく思われるから駄目だ)

あっあー。あの、おかず食べたいな。

雄一君が箸を伸ばせば、私も食べられると思い祈った。

(えっ)ところが雄一君が箸を置いてしまう。

「何だ。もう食べねえのが。」

即答で、

「うん。」

おばさんが、

「うんだでば、食が細いんだ。いつもこんなだものな。」

えっ。私も箸を置いてしまう。

須賀川の、おじさんと、おばさんが帰るところで準備している。

「二人来て。ハイ、いい子にしていたからねお年玉だよ。早くしまうんだよ。」

笑いが起きる。

静かにしている二人に、大人達は、

「あいさつは……いがったな。」

二人共に小さい声で、

「ありがとう。」

雄一君と顔を合わせると照れる。

笑うことは出来ない、恥ずかしい。

私も、雄一君も同じ性格で良かったと思う。

一人が明るい性格で、聞いて聞いてと。

一人にだけ、かまってしまうことになる。

一人は、悲しい思いをしてしまう。

もちろん、心の中だけで静かにして見ているだけだろう。

私と違うのは、雄一君は頭が良かった。

常に、良い成績であることが伝わっていた。

それから、雄一君に会ったのは小五まで。母の親が亡くなり、先生から直ぐ帰るようにと言われて急ぎ足で歩いて帰る。

雄一君が重たいランドセルを背負いテコテコゆっくり歩いていた。

私は声を掛けようと、考えた。

なぜか、気づかれないように追い越すことも出来ない。

ゆっくり、ゆっくり立ち止まりをくり返す。

母の実家に着いた。

「二人共、来てくれたのか。」

驚くように、雄一君は……後ろを振り返る。

お互いの姉達共に、顔を見合わす。

姉達は、笑顔で同時に、

「今、来たの。」

声を掛けてくれた。

お互いの姉のところへ歩み寄って行く。

その時以来、母の実家には行くことはない。

お正月の、お年玉より気が重いので足も向かなかった。

ただ、嬉しかったのは、おじさんもおばさんもやさしく話し掛けて、心配してくれていた。

おじさんが亡くなり、新盆に二番目の姉に連れられて何十年振りに家の中へ入る。
「あれ、誰だっけ。」
と言われてしまう。
それは、仕方ないと納得。
姉が話を進めていくと、
「あっ。いたね。あっ。思い出したかも。今は何やっているの。」
このくらい元気なら良かったかなと。
私も雄一君も、お葬式があっても呼ばれていない。
「こっちで出しておくからいいよ。」（香典）
今も、おいしいリンゴが届く。
それだけが、唯一無二の繋がりに感謝。
雄一君のことは、度々聞かされていた。
「雄一はな、口がないから心配だが。駄目なんだべな。」
男の子でも、良いこと言われていないのか私なんか、もっと何言われているかだな。
あの頃も、今も変わらない同じなんだ私達。
あの頃の私達は、子供二人を放っておかれた。手を掛けて頂いていない。
家にいる時も同じ。一人遊びも平気で得意。

お盆、お正月と母の実家に四組の家族が集まる。

須賀川の、おばさん夫婦には子供がいない。

後の三組の家族には、私と雄一君は年が離れての子供。三組の家族は、私の上の姉と同級生。二番目の姉と、雄一君の二番目の姉亜紀さんと三歳違いで生まれている。

私と雄一君が、姉達と入れ替わるように母の実家に行くことになった。

姉達の時は、子供達だけで七人いたことになる。にぎやかさが伝わる。

それも、おしゃべり好きな子供達。

負けずぎらい。

親達も交えて、家の中だけでなく自転車で出掛けたと聞いた。

子供達七人もいたのだから、親達はゆっくりおしゃべり出来なかっただろうと納得。

その頃では、きっと当然の様子だったのかもしれない。楽しかったし、それぞれの成長個性も、イベントの目白押し。

私と雄一君は、おかげさまで放っておいても無茶振りしない。静かに遊び、けんかもしない。親達は、時間も過ぎていることにも気づかないでいたのかもしれないくらいの安心の中にいれたのだ。

今となっては、なつかしく思う。

自由に遊ばせてくれたことは、それで良かった。

(何やってんの。何やってる大丈夫)

ひんぱんに来られても困る。それには感謝。

口が無いとか、静かとか、おりこうさんにしていた私達二人の姿は一緒、一緒。

雄一君と楽しく遊ぶことが出来る私でなかったことを、いつまでも自分を責めていた。

50年過ぎた今でも、雄一君の人生に期待していた。

おじさんは、いつも、

「雄一は、頭がいいから大丈夫だべなっ。」

私も大丈夫だと信じていた。将来楽しみ。

「雄一君も、あなたのことを気にしていたのよ。やさしいお姉ちゃんに会いたい。親戚なのに、どうして会えないの。」

寂しい、楽しい、愉快、ふざけ
静かな子供ほど見えている。
いじめに負けるなと言うけれど
負けも、勝ちもないだろうと。
いじめは、あってはいけないもの。
我慢、我慢と言うけれど
何に我慢するの。

ただ我慢しても、何も埋まらない。
強くとか言うけれど、みんな同じ。
そうだろうかと、一人耐えている
人を巻き込みたくない。
家族に知られたくない。
心配増やすから、平和でいたい願う。

我慢、我慢、ほどほどに
頑張らなくていいなんて
何を信じて、生きていくの
足踏み、足踏み、足踏み状態続いてく。

はっきりと、頑張ること言えたら
一生懸命社会で統一
みんな前に進めていける。
足の引っぱり合いは、何になるの。
一歩も進めない。
前を向いて進んでいけたら

達成感、優越感、自己満足、奇跡
幸せがやってくるよ。感じるよ。
一緒に進もう。仲間が待っている。
足踏み、足踏み、足踏み状態でいる。

みんな方向性違っても、希望の子。
前に向かっていける日が来る。
暗い闇を抜ける瞬間、感動鳴り響く
みんなで手をとり、分かち合える。
夢を語れる日が来る。明日は明るい。

楽しては、何も埋まらない。
自分の足を使い調べる。
生きている意味を知る。極め洞察力
勝手にやっていること、目をそむける
夢に向かって、いつでも子供心で。
引き出し、導き、要素、素質。
行動力が宿り、楽しさ見つかる。

守ってくれている導きを感じる。

明日のある未来へ。

一緒に行こう
見せてあげたい。
不可能も可能になる。
太陽が眩しい。
あなたも、ひまわりの花だね。
太陽を元気いっぱい浴びさせられる。
自分に照らす、ひまわりの花となる。

「お姉ちゃんは、やっぱり強いね。おれなんて、駄目なんだよ。何をやっても、上手くいかないんだよ。分かってもらえ方が知らないんだ。」
本当は、まだ何も始めていない。考えているだけ。それは、
「それは、違うわよ。嫉妬しているのよ。分かっているはず。友だち欲しいけど、自信がないのかもね。嫉妬、羨ましくなり離れていく。」

あなたは、つまらない人生のままか
近くにいる人に限り、認めたがらない
いつまでも、側にいて欲しい。
遠くへ行くようで、寂しい安心さが
自分より下に見ているのかと、疑う。
気のせいでも
幸せになって欲しいのよ。
その後に続く言葉……
私より幸せにならないでね。

「お姉ちゃんも、苦しんでいたんだね。辛かったよね。お姉ちゃんは、本を出したんでしょう。すごいんだよ自慢だ。だから会いたいんだよ。お姉ちゃんでないと分からないと思ったからだよ。」

私には、あの頃のままの小っちゃいカワイイ雄一君。泣かれたら大変だと思ったんだと今分かった。何かに捕らえられていた何かが、分かった。

「お姉ちゃん。だから、ここから出してよ。本を出すくらいの強い人だよ。だって本を出すこと、何を言われるか分からない。今までいてくれた人も、去ってしまうこともあると聞くよ。お姉ちゃんは、このこと分かった上で自分と葛藤してきたんでしょ。」

「ウッフフ。すごいのよ。雄一君も。人の気持ち分かるもの。すごいことよ。」

　思わず、頼もしさに笑いがこぼれてしまう。


　小さい頃からそうだった。

いろいろ言われて我慢するだけ、いつか楽になると。一向に変わらないんだよ。

本を出したことに、興味を持ってくれている。嬉しく照れて、自然に涙が落ちた。

「本を買いにいけない。ネットで買ったとしても、家の人に見つかってしまう。説明するのが面倒。こんなの読むんだと言われる。」

「そうか。そんなのか、ウッフフ。」

笑ってごまかす。

「いや違うよ。」

慌てる雄一君。

「大丈夫よ。気にしていないから。言葉の綾ね。そんなの読むのかには、興味もある。」

雄一君の姿は、幼い頃の面影。

大きくなった雄一君は、想像さえ出来ない。

私も、東京に行かないでいたらと考える。雄一君と同じような道を辿り、そして外に出ず病気に。

小三の頃から、外に出れない人にはなりたくないと決めていた。そして東京へと気持ちは向いていった。あくまでも私のこと。
雄一君は、分からない。
それに、私は女の子。末っ子だから東京に来れたのだと思う。

不幸は、自分だけと思わなくていい
誰にでも起こりうる問題。
小さい時から、なら大丈夫。

この人がねと、想像もつかない人
死を考えたことがあると。
人って誰にも分からないんだよ。
自分だけが、特別な人間でない。
もっと、もっと苦しんでいる人
悩みは、誰にでもある。

根が深いところにある人

少しずつ、少しずつ解かし水を注ぐ
切らないように、折らないように
残さないように、時間をかける。

悩む問題によって、大きさによって環境によって悩む度合が違う。
相談する相手を間違わないように。
生きているからこそ、悩む。痛む。苦しむ悲しむ。喜ぶ。
感じることこそ、生きている証と。

人は、幸せになるのが怖い。
幸せになると、不安になる。
慣れていない、バチが当たる怖い。
遠い道のり、見えてくる。
我慢、我慢は足を引っぱられる痛み
我慢からの学び、力をつけて次へと
準備、準備、畑違いの場所と知る。
満足得られない痛み。必要な痛み。

更に人を大きくしていける。

樹木のように、ここへ根を張る。

自分の居場所探す。


雄一君は、更に話し続ける。嬉しい話をしてくれる感じで、聞くことは得意な私。

「フーン。難しいが、ここに来て、おれを出して欲しい。訪ねて欲しいんだ駄目かな。おれの願いだ。手をひいて進んでくれた頃みたいにね。」

少し見えてきた。分かろうとしていること。

「雄一君、小っちゃい存在でいいの。そこよ雄一君はね本当は、おじさんみたいに大きな存在で生きようと思えたなら良かったのよね。

だから大変なことよ、私達の心の中の願い私は少し乗り越えたから言うけれど……

雄一君が、小さい存在なんて。おじさんに対して逆らっていたのかな。あの、おじさんの子供だもの。小さい存在でいるから苦しいのよね。そうか分かっているんだね。だから出してよと。」

苦しめているのは、自分
君の持つやさしさ

あなたの涙
あれ。涙が
あなたの瞳に涙が、迷っている
見せることのなかった、君らしさ。
人の話に耳を傾けて、瞳見つめてる

何かに怯えている。
面倒くさいなんて
まだ何もしていないのに
毎日毎日忙しく
動き回っているけれど
本当にやりたいことって……
疲れた疲れたと、口に出すけれど
本当に、分かっていないな～君は
こんなんじゃ、君のもう一人の君
悔しい、悲しい、苦しい、泣いてる
気づいてしまったよ、
本当の君の姿に、私。上を向いてよ

雄一君と二人いつまでも、私は小学四年生。

大人達の、にぎやかな笑いが天にも響く。

探されることもなく、たたずむ二人の姿はここに、無口のままに。

幼い心の私は、深い闇の中。いや違う。

二人共、この時間が幸せだった。

雄一君は、テコテコ付いてくる。

「お姉ちゃん、手を放さないでね。ギュッと握る、逃げないでね。置いていかないで。」

「えっ。あれー。雄一君、雄一君は、どこ。」

今なら、声を掛けてあげられる。

「何していんだ。何して遊ぶべ。アッハハハアッハハハ。おもしろいだべ。」

満面な笑顔が、子供らしく、さわがしく無邪気に。いたずらっぽく。

「ねえ。ねえ。」

大人達の話を邪魔して、自分達に振り向かせる。かまって、かまってと困らせる。

夢のまた夢。

二人の様子見ている私は、溜息つく。

私達には、無縁だもの。

私達二人の贈り物。

「静かなもんだい。」

姉達を見て育たなくとも、子は育つ。

「もっと静かにな、もっと静かにない。大人達の時間邪魔すんでねえぞ。」

かまってはいけない。放っておいて育つ。その空気漂う。魔法をかけられていた感じ伝わる。

「どうすんの。」

雄一君から初めて、口を開いてきた。

「雄一君の潜在意識が応えたのよ。」

「私ね、心の奥に閉じ込められている間。一つの本が出ているにもかかわらず、動かないでいる。度胸と行動力のある私を閉じ込めてしまうなんて、本当にバカなんだと、欲張りになってもいいんだと。私達は、衣食住全て必要。望んでもいいんだと知った。どれか一つ満たされて、それ以上望むとバチが当たる考えが、上手くいかないのよ。」

一つ一つが痛い。

「えっ。またまた何言っているの。雄一君も私の心の声感じとれるの。」

仕方ないのか。

「えっ。最後まで聞いて欲しかったのに。まあいいか。今は無理、難しいか。」

雄一君が手探りする姿感じる。必死に伝わる。

「待っていた。待っていたから。上手く言えないけれど。」

「ねえ。一歩前進したかな。イイネ。」

君は、おびえているだけ
君とは、ここまでかな。
とうとう君の本当の姿を見ることない
人の悪口で一生終えてしまうのか
人のせいにして
美しいものを、見る。
君に届かない。
苦しい思いをする方へ、足が向く。

キレイな涙、流せるのに
君には知って欲しいな
見たいよ、君の流す涙
その涙の先を、君が築き上げる世界

あいつの顔を、一発なぐった。
気分が晴れた訳ではないことを知る。
でも、なぐり足りなかった。
あいつも、カワイソウなやつさ
隠し持つ武器。
それは、信頼。

あの子の好きなもの
求めているもの、すべてデーターに
君を幸せにするために
鏡の中のぼく
君は、ぼくの腕から飛び立つ。

「雄一君のアパートよ。ここに住んでいたの一生懸命働いていたのよ。雄一君なりにね。黙って手を動かす。その頃から、口より手を動かす時代でない。コミュニケーション力ですってよ。気にいらない人となると、キレさせる言い方で、下ろす。あいつ駄目だ。コミュニケーションとれないと言われてしまう時代よ。」

階段を掛け上がってくる。

雄一君の姿。ドアを開ける。部屋の電気をつけて入っていく。疲れ切った姿で食事してる。

「今の姿の雄一君よ。」

私には、あの頃の小さなカワイイらしい姿。

静かにテコテコ小っちゃい。くつ音鳴らして付いてくる。

雄一君のまま。年月は過ぎても。

いきなり、父が雄一君に、

(頑張るんだぞ。見守っているがらな。正直に生ぎろよ)

……えっ。驚く私。

なぜ父が現れる。

雄一君は、何かを感じとっているようだ。ニコニコした父の姿は、微笑みを浮かべてる。

「うん。」

と応えているように映る雄一君。

それから、ツイッターを、
眠るべ……書き込む。

「ねえ、何して遊ぶ……お姉ちゃんの後を付いて行くよ。」

笑っている。楽しく、飛びはねるように。

「何だ。おまえ達、ここにいだが。」

父の姿が、入院退院くり返し、今は家に在宅介護。姉と、姪っ子、姉のダンナ、近くにいる二番目の姉とがお世話をしてくれている。

父が元気だった頃には、家の前にリンゴ畑、モモ畑。

「よっこらしょ。」

コンテナに積んで運んでいる。

「えっ。」

意識が、ゆっくり戻ろうとする。

心の中では、

(どう。あの頃の私に謝れたの。許してもらえたの。)

「現実でないもの。」

「えっ。まあいいか。後で分かるよ。」

一瞬、私は謝らなければいけないことっていっぱいあるんだと。恥ずかしい。

「私。あなたにも、謝らなくちゃね。心の奥に閉じ込めてしまったわね。もう一人の私ってダメね。あなたは、存在感と強い女が眩しくて。何でも出来るし、人前でも堂々と生きていけると。幼い頃の臆病な私に、常に声を掛けて導いてくれていた。今始まったことではないでしょって常に。いつも歌いながらクヨクヨしている私に……」

「今始まったことではないでしょっ。」

冷静、いつも冷静。

「駄目なのよ。二人共に助け合って支え合い共用し合うの一緒よ。一緒に頑張ろう。次のステージへ。」

「あなたが、私になればいいのよ。」

「えっ。また何言っているのよ。」

「だって、強さと存在感があっても前に進めなかったでしょ。度胸と行動力のある私の方が舵《かじ》をとるの。前に進んでいけると思うのよね。」

「何言ってんの。お姉ちゃん。おれをここから出して。約束だよ。テコテコ付いて行くからね。」

あの頃の私に謝りたい。

未練残さずに、あの頃の私に謝りたい。

恥ずかしいよ
君たちに顔向け出来ないよ
一生懸命、この地を守ってくれてる
君たちへ

郡山、郡山と言うアナウンス。

ビクッとして、寝ぼけ眼でハッと我に返る。

何だったのかと、振り返る。

いや、いやそれどころではない。

降りる用意をしないと、慌てている私。

阿武隈川が見える。

水郡線が橋を渡る。高校の時利用していた。イイヨネ。この風景に見とれている。

中々見れるものではない。

新幹線は速いから、降りる準備に追われていつも、水郡線に目がいかなかったのかもと一人で納得していた。

「お姉ちゃん約束だよ。指切りげんまんだべ。窓ガラスに、いつまでも……」

雄一君が私と遊んでいる。嬉しい笑顔。

「お姉ちゃん待っているよ。」

新幹線がホームを滑るように、スピード落として止まる。

（ねえ。……）雄一君の姿。あの頃に戻って胸につかえていた、自分への反省と共にスーッと抜けていった。

何が何だか慌てている私。

「無理もないわね。」

「えっ。」

今忙しいから、聞こえないようにしたい。

「えっ。一緒よ。私と私は。」

改札口に友だちが、手を振って待っている。

「どうしたの。顔色悪いよ……酔ったの。」

「えっ。そんな。」

笑いながら友だちの車の方へ歩いて向かう。

「久しぶりの郡山だよ。どこに行くの。」

「どこにする。今日は、ゆっくり出来るんでしょ。私達、ねえ。楽しみに待っていたんだよ。」

（ありがとう。お姉ちゃん）

ハーァハ。アハハ。ノドに詰まらせゴホゴホ。

「どうしたの。」

「あっ。いるよ。あれっそうよね。」

三人顔合わせて笑う。

「どこ行くの。」

その日は、楽しく笑いながら、ランチ、デザートとドリンクバー。時間は夕方まで、しゃべり続ける。


二〇二〇年四月、コロナ感染世界的問題。

父と会えたのは五月、私との面会最後。

「どうして、おじさん亡くなったよね。どうして来なかったの。」

「うん。私恥っ子だから。役に立たない。面倒くさい。隠した方が楽だから。行かない方がいいんだよ。」

と、思っていたけれど……まさかのコロナで行けなくなるとは奇遇なのか。

コロナなら行かなくとも納得。

大さわぎにならず、済んだ。

姉の娘さんが画像を送ってくれた。

病院に入院している姿。家にいる時の姿。

ベッドの上で、食事している姿。コメントを添えての画像を送ってくれていた。

感謝のメッセージを送る。

「間に合わなかったね。本を出したのに。」

その先に進めずにいた。

「言わないでよ。」

姉が棺に本を入れてやったと伝えてくれた。

最後の父は、
二〇二〇年十二月二十七日息を引き取る。

十二月三十一日、よりによっての最後の年自ら演出して出た。（八十八歳）

最後は、誰にも邪魔されないぞと。堂々たる振る舞い。

病院から戻った父の上の掛けぶとん。

豪華なベースは黒。金糸の刺しゅう龍が描かれている。送られてきた画像には父の顔は考慮してくれていた。

ふとんの下に父が眠っているのだと想像することはしない。

静岡に出張していた姉の長男が、

「検査して来るならいいでないの。おれは、車だから東京に寄り乗せて行けるよ。」

ラインで送ってくれた。

コロナはかかったら大変なことになる。

「東京から来たから。」

迷惑を掛けてしまう。東京、神奈川のおばちゃんも控えると伝えられた。

「おじさんが亡くなったって、おれは言われていないんだよ。姉二人は、お供えしたけどお姉ちゃんは、東京から来るんでしょ。あいさつしたかったな。どう、あいさつするかは恥ずかしいけれど。いつも笑顔で声を掛けてくれたんだよ。頑張れよと、こづかいもね。だから、何も言えなくとも分かってもらえると最後に、もう一度頑張れよ。なあ……おじちゃんの言葉。」

雄一君が、こんなにも父のことを思ってくれていたのだと嬉しく温ったかい気持ちになり込み上げてくるものがある。

「悲しまないでね。お姉ちゃん。次の本が出たら読むから。頑張って、ネットで検索してポチッってするよ。家の人に言われても、読んでみたかったからと言えるよ。お姉ちゃんといつか、本当の生身の姿で堂々と前を向いてあいさつから、一歩、一歩。」

自分だけ話して、勝手にスーッと消えた。

二人の姉も、電話で報告してくれた。

「いや、いや、あのじいちゃんてば火葬場から出たら、警察署あるべ。タイミング良ぐな二台ものパトカーが誘導するかのようにな、前を走って、その後に連なっててな。大したじいちゃんだ。パトカー二台だぞ。いや驚いだぞ。」

父の最後を魅了。本当は、お殿様御殿を建てたいくらいの野望を持っていた方だ。

「みんなでな。すごいなじいちゃん。最後の花道だべ。それこそ、お殿様になって滝の不動（乙字ケ滝）新道から旧道に曲がる直前までパトカーと共に。いや、そこまでなパトカーも曲がんげいで走って来たんだべ。」

父は、地域の人達と共に守り続けてきた二〇一九年の台風19号　阿武隈川の広域への水害で、不動様も流されてしまう。父は最後まで気になっていたと。

滝見不動堂も新しく。松尾芭蕉も訪れた。

今では、ライトアップされたと。

父は喜んでいるだろう。

今は、姉のダンナも地域の人達と一緒に守っている。

もう一人の私が、

「雄一君との約束、大丈夫かな。」

「ハーイ？　何言っているの。」

私、自信がない。

「だって、見てよ。自分の家の中のことも出来ないのに。よその家の中を掻き回すことになるのよ。」

私、責任大だと感じる。

「えっ。また悩むの。」

私は、悩むと進めない。足踏みしてしまう。

「ハーッ。やっぱり強いわね。」

「何度言えば分かるの。試されるのは私達なのよ。」

気合いを入れる、私がいる。

「アハハ。有言実行ね。大丈夫か。」
「これからの雄一君と私達見たいでしょ。さぁ進もう。」

君たちも出ておいで
隠れてないで、出ておいで。

赤い橋を渡ると　（滝のしぶき）

子供の頃、静まり返る夜更け
滝のしぶき落ちる水の音、聞いて眠る
今では絶え間ない車の音　消され遠い
明日だけは変わりなく、やってくるよ
君に会える喜び君の寂しさ、心消して
幸せは、誰にでも訪れる。

子供の頃、静まり返る夜更け
散々と降り積もる雪の音、聞いて眠る

今では絶え間ない車のチェーン消され
明日だけは変わりなく、やってくるよ
君に会える喜び君の寂しさ、心消して
幸せは、誰にでも訪れる。

赤い橋を渡ると、夢の風景見えてくる
喜び、楽しさだけでは
時に怒り、哀しみも感じて
赤い橋に願う

あなたの一生懸命さが、気にいらない人も現れる。その一方で、目に余るものがある。やさしいから、真面目だから、静かにしているから……いけないのよと聞くことがある。いつの頃から、いけないになってしまったのだろう。

頑張り過ぎなのよ。働き過ぎなのよ。程々にね。その程々の、ものさし基準はどこにあるのだろう。生きていく上で頑張らなければいけないのではないだろうか。

他に何が、あるのかと尋ねてみたい。

「ウン。たまっているわね。ウップンがね。分かっているわよ。一生懸命にやること。頑張ることを。訓練されてきた道のりにも泣いたり感動したり、身につけてきた。だからこそ手離しちゃいけないよ。」

いろんなこと、体験し経験し学び、知る。

「会社も、職場も、職種も、人間も違うのに同じこと起こすのよね。不思議でならないのよ。」

「例えば、何のこと。」

少し沈黙考えて、

「そう簡単に言えない。勿体ないもの。手に入れたものだからね。」

「フーン。面白いじゃないの。」

面白いことかと、首を傾げる。

「分かっているわよ。私、あなただから一体感ですものね。……でしょ。度胸、行動力残さず。存在感、強さを持つ私に気をとられていたわね。私と入れ替わることに必死だったね。無駄にしてはいけないわね。」

確かに余裕がなかった。幸せが分からず。

「存在感と強さをプラスして、レベルアップだったのよ。これからは共に生きる。今までの心の痛みを、痛みを知っているから強い。人に寄り添える。人々を癒す。ねえ、駄目よ手放しては。あなたは、豊かさ、幸せになれるのよ。」

今は、幸せを知り感謝する気持ちに出会えた。しかし、

「苦手なのよね。幸せになることが心配よ。まあーっ。いいか。私がいるものね。行こう。次のステージへ、用意されているのよ。ライトワーカー次なる仕事よ。あまり待たせちゃ逃げちゃうわよ。ねえ、早く、早く行こう。ウッフフ。これからが楽しみだわね私達……ねえ。ワクワク、ドキドキ、ステップ、ステップ。」

まだ理解出来ていないけれど、つい釣られ、

「ウッフフ。アッハハ。あなたは愉快だわね。」

「そうよ。これから楽しくなるの。早く早く。

あーあっ。友だちと何を話したっけ。えーと。えーと、あっ。そうだった。農家が忙しくなるからと。だから忙しくなる前に、今日にしたんだ。」

雄一君の存在が、友だちより勝ったのと。驚きものだと。

「早く、早く、早く。」

「あなたは、自由ね。どっちが、どっちか、まあ、いいか。アッハハ一緒よ。」

言葉足らずに。ただ不器用な人間達の中で分かっていても、そこで生きていく大変さが前に進めず。毎日、毎日の同じやり取りの中、
前に進もうとする人、変えたくない人達との葛藤。それが日々の生活と思う。

だから我慢なんだ。

そんな我慢は何になるの。

捉え方の違いで、大きく渦を巻く。

そこにいて、頑張っている人達の気持ちも分かる。そこから全て逃げ切ってしまえば、一人になる。

一人になれば（寂しい心が、もどかしい。やりきれない）闇の中へ。

望んでいないけれど、望んでいないけれどだって、人は一人で生きていけないから。

最初は、やさしい言葉。

やさしい言葉に抵抗を感じる人もいる。

（勘が波打つ。気をつけろよ。そんな世界は望んでいない）

どうすればいい。行ったり、来たり自分を探す。

ブレない、自分作り。やさしい強さを持てるように。いろんな感情と共に生き続ける。

それを体験し、知ったことは人それぞれ。それでも、体験、経験することには意味があるのよ。

# あとがき

頑張ることしか分からない私に、

「大丈夫ですか。」

と心配して寄ってきてくれるハケンさんがいた。

「伊達に生きていないもの。」

笑顔で応えた。

「カッコイイですね。」

笑顔も自然に出ていた。

それが私なんだと。なりたい自分の目覚め使命感、宿命の意味に、たどり着いて知った
眠っていた自我の開花が目を覚ます。

幼い頃の弱気な自分。男の子でなかった私に対する母の葛藤。

「静かにな、目立つんでねえ。黙っていろよ。」

常に言い聞かされていた。

男の子を産むことが出来なかった母の肩身の狭い思いで。

母の物語は、90歳過ぎても続いている。

（どうしようもないことなのに）いつまで続くと言うのか。

母は今でも、私を産んだ時のことを話す。女の子と分かった瞬間に、誰かが、

「今からでも、男の子にならないのかい。」

母が一番悔しい。込み上げてくる熱い感情が自分に、男の子も産まなかったから、男の子も産めなかった自分に活を入れて農家の仕事を切り盛りしてきた。

常に母の口から飛び出す、男の子も産めなかったからな、苦労するんだ。

その言葉で、私達の存在って何だろうと悩まされてもいた。

その活を入れていることが、やがて母の生きる原動力だと知る。

あなた程の頑張り屋はいないよと、母を見ていくうちに私は、私で母に認めて欲しいと頑張って、頑張り続けていた。

そして、そんなに頑張らなくていいんだよと。

あの頃の私を許してね。今伝えたい。

幼い頃の私は、やるせない思いがいっぱい。未熟者が引き起こす。

雄一君へのお詫びが訪れようとする物語。

未練を残さずに
恥ずかしいよ

君たちに顔向け出来ない
一生懸命、この地を守ってくれている
君たちへ届け。

逃げ道がいっぱいあるから五年。

二作目の作品である。

あの頃の私に謝りたい。

逃げ道がいっぱいあるからを手にとって読んで下さった方達に、ようやくお礼を伝えられることへの思い。ずっとずっと考えて参りました。

この本を読まれた方は、元気を頂けるのではないでしょうか。等身大の、ありのままの姿で書かれていて読みやすかったです。

私も田舎から出てきたので、この気持ち、私が言いたかったことに気づきましたとも言って下さる方もいました。

二作目は、いつ出るのと期待を寄せて下さる方もいました。

書き続けてきたことへの自分への勇気と希望と励みに力を注いで頂いています。

今後も皆様と共に、これからの社会における生き方、力添えを頂きたいと思っております。一人で悩まず、一緒に考えて自分の魅力を生かせる居場所を探す勇気。

私もようやく、お礼を伝えられる時がきたことに、文芸社様に感謝致します。
とても嬉しく思い、これからの作品にも力を注いでいけたらと思っております。

八木沢　美樹

著者プロフィール

**八木沢 美樹**（やぎさわ みき）

1959年生まれ。
福島県出身。
東京都在住。
著書『逃げ道がいっぱいあるから』（2018年　文芸社）

## あの頃の私に謝りたい

2024年1月15日　初版第1刷発行

著　者　八木沢 美樹
発行者　瓜谷 綱延
発行所　株式会社文芸社
〒160-0022　東京都新宿区新宿1－10－1
電話　03-5369-3060（代表）
03-5369-2299（販売）

印　刷　株式会社文芸社
製本所　株式会社MOTOMURA


ISBN978-4-286-24795-3